MYTHES ET LÉGENDES DU MONDE

Racontés aux enfants par
Mary Hoffman

Traduction Claudine Vivier

Illustrations de
Roger Langton
Kevin Kimber

Produit par 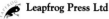 Leapfrog Press Ltd

Direction éditoriale Naia Bray-Moffatt
Direction artistique Catherine Goldsmith

Pour Dorling Kindersley
Directrice de publication Dawn Sirett
Supervision artistique
Sarah Wright-Smith
Production Josie Alabaster

Publié pour la première fois en 1999
par Dorling Kindersley Limited
9 Henrietta Street, London WC2E 8PS

Copyright © 1999 Dorling Kindersley Limited,
Londres
Textes © 1999 Mary Hoffman

Copyright © 1999 Éditions Hurtubise HMH Ltée
Pour l'édition en langue française au Canada
Dépôt légal : B.N. Québec, 2e trimestre 1999
B.N. Canada, 2e trimestre 1999
ISBN 2-89428-348-2
Traduction Claudine Vivier

Distribution au Canada
Éditions Hurtubise HMH Ltée
1815, avenue De Lorimier
Montréal (Québec) Canada
H2K 3W6
Téléphone: (514) 523-1523
Télécopieur: (514) 523-9969

Données de catalogage avant publication
(Canada)
Hoffman, Mary, 1945-

MYTHES ET LÉGENDES DU MONDE

Traduction de: **A First Myths Story Book.**
Comprend des réf. bibliogr.
Pour enfants de 5 ans et plus.
ISBN 2-89428-348-2

1. Légendes – Ouvrages pour les jeunesse. 2.
Mythologie – Ouvrages pour la jeunesse. I.
Langton, Roger. II. Kimber, Kevin. III. Titre.
GR79.H6314 1999   j398.2   C99-940355-9

Reproduction couleur par Bright Arts à Hongkong
Imprimé et relié en Italie par L.E.G.O.

L'éditeur tient à remercier A. P. Watt ltd pour la
permission obtenue des administrateurs de Robert
Graves Corporated d'utiliser *Les Mythes grecs* de
Robert Graves comme référence.

Table des matières

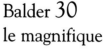

Introduction

Quelle différence y a-t-il entre un mythe et une légende? Les mythes sont des histoires que les gens ont inventées il y a des milliers d'années pour expliquer comment ils voyaient le monde. Dans les mythes, ce sont les dieux et les déesses qui créent la terre, le ciel et les océans. Ils placent le soleil, la lune et les étoiles dans le ciel, les êtres humains et les animaux sur la terre. Mais ces divinités agissent comme vous et moi: elles se chamaillent, dépriment ou piquent des colères, ce qui provoque les changements de saisons, les tempêtes et les tremblements de terre, les inondations et les éruptions volcaniques.

Et puis il y a les légendes, c'est-à-dire des histoires qui racontent les aventures de héros et de monstres, ou des voyages dans des pays merveilleux ou encore la fondation de grandes cités. Presque aussi fantastiques que les mythes, les légendes s'inspirent parfois de faits réels, qui ont été transformés et amplifiés à mesure que les gens se les transmettaient.

Ce n'est pas parce que les mythes et les légendes sont des histoires inventées qu'elles ne contiennent pas de vérités. Certaines des histoires contées dans ce livre nous montrent les mauvais côtés de l'être humain, comme l'envie, la cupidité et la vanité. Mais d'autres nous parlent en revanche de ses bons côtés: la bravoure, l'amour et l'amitié. Et ces qualités comptent autant pour nous aujourd'hui qu'elles comptaient pour nos ancêtres il y a des milliers d'années.

La chute d'Icare

Dédale l'inventeur et son fils Icare étaient retenus prisonniers sur l'île de Crète. Le roi Minos faisait garder tous les ports pour qu'ils ne s'échappent pas en bateau.

«Très bien, déclara Dédale. Nous prendrons la voie des airs.»

Il ramassa toutes les plumes qu'il put trouver, les assembla et les colla les unes aux autres avec de la cire pour confectionner deux paires d'ailes.

«Tu peux voler, maintenant, dit-il à son fils en lui attachant les ailes aux bras, mais il y a des règles à suivre. Ne t'écarte pas de moi et nous arriverons chez nous sains et saufs. Ne vole pas trop haut, car le soleil ferait fondre la cire. Ni trop bas, car la mer mouillerait tes plumes.»

Ils grimpèrent en haut d'une falaise et s'élancèrent dans le ciel comme des aigles.

Au début, Icare obéit à son père, mais il trouva bientôt l'aventure si amusante qu'il en oublia les consignes. Il s'éleva de plus en plus haut dans le ciel...

... de plus en plus près du soleil brûlant.

Lorsque Dédale se retourna, il ne vit plus Icare. Il cria son nom, mais ses appels restèrent sans réponse.

Dédale baissa les yeux et remarqua des plumes qui flottaient à la surface des vagues. Il comprit alors que les ailes n'avaient pas tenu et qu'Icare était tombé.

L'or du roi Midas

Silène le satyre, mi-homme, mi-bouc, s'était perdu. À vrai dire, il avait trop bu et s'était endormi dans un jardin. Ses compagnons n'avaient pas pu le retrouver : ils étaient rentrés chez eux sans lui.

Le roi Midas trouva le satyre endormi dans le jardin de roses du palais. «Tu peux rester chez moi si tu veux», lui dit-il.

Silène était un merveilleux conteur et il régala Midas et sa cour de ses histoires pendant cinq jours.

«Je dois retourner près de mon maître, déclara-t-il à la fin. Dionysos doit se demander où je suis passé.»

Midas renvoya donc Silène auprès du dieu Dionysos, qui fut enchanté de revoir le satyre.

Le dieu s'adressa alors à Midas: «Tu as très bien traité Silène, Midas. Qu'aimerais-tu recevoir en récompense?»

«Je voudrais que tout ce que je touche se transforme en or, répondit Midas. Et très vite, je serai plus riche que tout ce que j'ai pu imaginer.»

Dionysos accéda à sa demande. En rentrant au palais, Midas s'amusa comme un fou à changer les fleurs et les pierres en or.

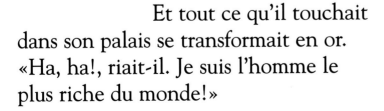

Et tout ce qu'il touchait dans son palais se transformait en or. «Ha, ha!, riait-il. Je suis l'homme le plus riche du monde!»

Sa promenade lui avait donné soif. Il saisit une coupe qui se transforma en or, mais dès qu'il y posa les lèvres, aucune goutte de liquide ne put atteindre son gosier. C'était de l'or solide.

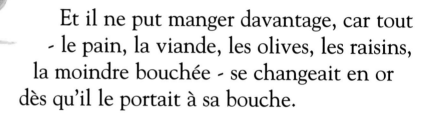

Et il ne put manger davantage, car tout - le pain, la viande, les olives, les raisins, la moindre bouchée - se changeait en or dès qu'il le portait à sa bouche.

Midas avait une petite fille, qu'il chérissait plus que tout au monde. Elle courut vers lui pour l'accueillir.

«Papa, je suis si contente que tu sois rentré», s'écria-t-elle en se précipitant dans ses bras. Et instantanément elle se transforma en une statue d'or.

Midas comprit alors combien il avait été fou et cupide. En larmes, il repartit voir Dionysos et l'implora de le délivrer de ce don de tout changer en or. Le dieu constata que Midas avait eu une bonne leçon.

Il l'invita à se rendre sur la rive d'un fleuve et lui promit qu'en s'y baignant, il serait délivré de son don.

Depuis ce jour, le sable de ce fleuve scintille de paillettes d'or.

À son retour chez lui, le roi Midas retrouva sa petite fille en chair et en os. «Voilà ma vraie richesse», dit-il en l'embrassant.

Andromède

En Éthiopie vivait une reine nommée Cassiopée. Elle était d'une grande beauté et sa fille Andromède était tout aussi ravissante.

«Regarde-nous, ma chérie, dit la reine. Comme nous sommes belles! À mon avis, nous sommes même plus jolies que les nymphes de la mer.»

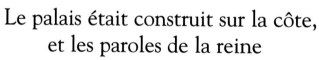

Le palais était construit sur la côte, et les paroles de la reine tombèrent dans l'oreille des nymphes, qui en furent très fâchées. «Plus belles que nous? Voyons donc! Remettons cette mortelle à sa place!»

Les cinquante nymphes de la mer, les Néréides, allèrent donc se plaindre à leur protecteur, le tout-puissant Poséidon, dieu de la mer. Il ne pouvait rien refuser à cinquante jolies nymphes en colère.

«La reine sera punie», leur promit-il.

Poséidon fit apparaître un terrifiant monstre marin qu'il envoya sur la côte éthiopienne.

Les Éthiopiens étaient terrorisés. Impossible de pêcher ou de faire du commerce: le monstre coulait tous les bateaux et dévorait les marins. Ils demandèrent au roi Céphée de faire quelque chose.

«Ma chère, dit le roi à la reine. Ce monstre est une punition pour votre vanité. Il faut savoir quel sacrifice les dieux attendent pour que tout rentre dans l'ordre.»

Mais lorsque le roi découvrit ce que voulaient les dieux, il pleura amèrement. La seule façon de se débarrasser du monstre était en effet de lui livrer la jolie princesse Andromède. Celle-ci fut donc enchaînée à un rocher et attendit que le monstre vienne la dévorer. Ce qui n'allait pas manquer d'arriver.

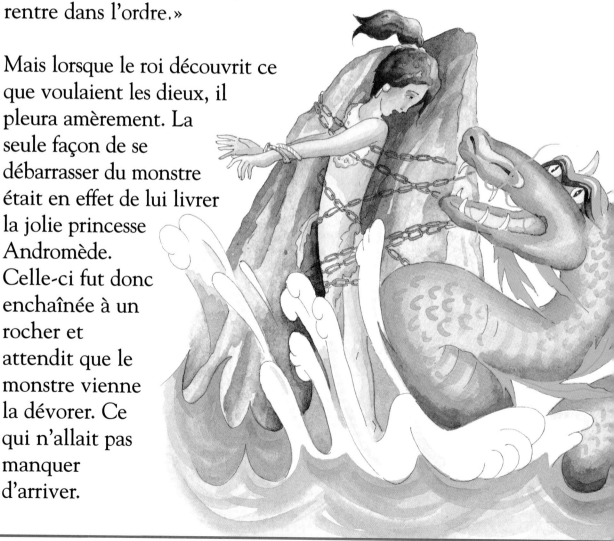

Mais par un
heureux
hasard, le
héros ailé Persée
longeait la côte juste
au même moment.
Apercevant la princesse
enchaînée au rocher et le serpent qui
fonçait vers elle, il se jeta sur le monstre.

D'un seul coup, il lui trancha la tête et sauva la vie
d'Andromède. Persée et Andromède se marièrent. Le
monstre avait donné à Cassiopée une telle peur bleue
que jamais plus elle ne se vanta.

Et tous, le roi, la reine, la princesse
Andromède et Persée, furent
installés dans les cieux à
leur mort. Encore
aujourd'hui, la nuit, on
peut voir les étoiles qui
portent leurs noms.

Les fils de la louve

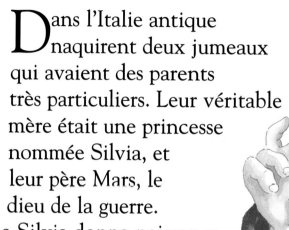

Dans l'Italie antique naquirent deux jumeaux qui avaient des parents très particuliers. Leur véritable mère était une princesse nommée Silvia, et leur père Mars, le dieu de la guerre. Lorsque Silvia donna naissance aux jumeaux, son oncle Amulius en conçut une vive colère.

Amulius s'était emparé du royaume du père de Silvia, et il ne voulait pas que les jumeaux le lui reprennent, une fois devenus grands. Il ordonna donc que l'on jette Silvia et ses deux fils dans la rivière.

Silvia fut sauvée par une divinité des eaux, mais les jumeaux furent entraînés au loin.

Le courant impétueux emporta leur berceau jusqu'au fleuve Tibre, qui sortit alors de son lit.

Les deux bambins furent déposés sur la rive sous un figuier. Affamés, ils se mirent à pleurer. Une louve qui était venue boire au fleuve les entendit. Elle les sortit délicatement de leur berceau et les emporta dans sa tanière.

Elle nourrit de son lait les deux jumeaux, qui grandirent parmi les jeunes louveteaux.

Les deux garçons furent ensuite recueillis par des bergers qui les baptisèrent Romulus et Remus.

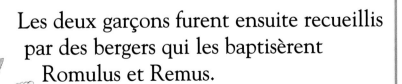

Les jumeaux découvrirent qu'ils étaient de descendance royale et voulurent tous deux construire une cité sur la rive du Tibre. Mais ils ne purent se mettre d'accord sur l'endroit où poser la première pierre. Romulus avait choisi une colline, mais Remus en préférait une autre.

Un concours fut donc organisé pour déterminer qui construirait la ville, et ce fut Romulus qui gagna. Remus, jaloux de son frère...

attendit que Romulus commence à ériger les remparts de la cité...

... et sauta par-dessus.

«Hé, Romulus!, cria-t-il. Ce sera un jeu d'enfant d'envahir ta ville! Voilà ce que valent tes fortifications!»

Romulus, furieux que Remus se moque de lui, le jeta à terre et les deux frères engagèrent un terrible combat dont Romulus sortit vainqueur.

«Ma cité sera la plus belle que le monde ait jamais vue!, lança-t-il hors d'haleine. Et la plus puissante!»

Il ne se trompait pas. La cité qu'il construisit fut appelée Rome. Et on peut la visiter encore aujourd'hui.

Coyote danse avec une étoile

Coyote était très imbu de lui-même. Il estimait pouvoir faire tout ce qu'il voulait. Il se mit un jour en tête de danser avec une étoile.

Il en appela une: «Hé! Peux-tu descendre? Je veux danser avec toi!» Et l'étoile descendit gracieusement du firmament.

Ils dansèrent et dansèrent jusqu'à ce que Coyote ne sente plus ni ses pattes ni ses épaules, tant il s'était accroché à l'étoile.

«C'est assez, dit-il. Fais-moi redescendre.» Mais il ne put attendre que l'étoile soit assez près du sol.

Il lâcha prise et s'écrasa à terre. Crac!

Fort heureusement pour lui, Coyote avait plusieurs vies. Après un certain temps, il finit par se retrouver sur ses pattes. Et il recommença à lever le nez vers les étoiles. Il en lorgnait une en particulier, qui avait une magnifique queue.

«Hé! Descends, viens danser avec moi», appela-t-il. Et l'étoile descendit. Coyote s'agrippa à la queue de la comète, qui s'élança aussitôt dans le ciel en tournoyant.

Elle remonta à une telle vitesse que Coyote commença à se désintégrer. Les morceaux retombèrent sur terre. Heureusement qu'il avait plus d'une vie!

Mais cette fois, quand il retrouva sa forme habituelle, il se souvint de la leçon. «Tu as gagné, dit-il au Grand Mystère qui gouverne l'univers. Jamais plus je ne danserai avec les étoiles!»

Le premier maïs

À l'aube des temps vivait un homme tout seul. Il n'avait pour se nourrir que des racines, des noix et des baies. Il ignorait comment faire du feu, si bien qu'il ne mangeait que des choses crues.

Cet homme était triste et solitaire. Il se couchait en boule au soleil pour dormir. Un jour, à son réveil, il vit devant lui une femme très belle aux longs cheveux blonds, bien différents des siens. Il prit peur.

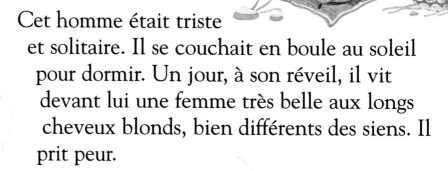

Mais il se dit ensuite qu'il ne serait plus jamais seul. Il adressa un chant à la femme pour lui dire sa solitude. «Reste avec moi», implora-t-il. «Fais ce que je t'ordonne et je resterai avec toi pour toujours», répondit-elle.

Elle l'emmena dans des herbes sèches
et lui montra comment faire un feu
en frottant deux bâtons l'un contre
l'autre. Une étincelle jaillit et
l'herbe s'enflamma.

Le feu
débroussailla
une vaste étendue de terrain.
«Attends le coucher du soleil,
reprit la femme. Alors tu
m'attraperas par les
cheveux et me
traîneras sur le
sol.» Malgré sa réticence, l'homme
finit par faire ce qu'elle lui
demandait.

«Au printemps, des plantes
pousseront partout où tu m'as
traînée, dit-elle. Et tu verras mes
cheveux jaillir entre les feuilles.»

Un Bébé en armes

Coatlicue était la déesse de la Terre de l'ancien Mexique. Elle avait quatre cents fils, qui étaient les étoiles dans le sud du ciel. Elle avait aussi une fille, Coyolxauqui, la déesse de la nuit.

Un jour qu'elle balayait, elle trouva une boule de plumes. Elle la ramassa et la mit dans la ceinture de son pagne de serpents.

Mais la boule de plumes avait des pouvoirs magiques.

Et il ne fallut pas longtemps à Coatlicue pour constater qu'elle attendait un autre bébé. Elle ne se doutait absolument pas que la boule de plumes y était pour quelque chose.

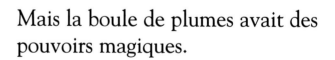

Lorsque Coatlicue annonça
la nouvelle à ses enfants,
Ils se mirent en colère.

«Tu es trop vieille,
lui reprocha
Coyolxauqui.
Dis-nous qui est le
père de cet enfant.»

Mais Coatlicue ne
pouvait le dire,
car elle
l'ignorait.

À la fin,
Coyolxauqui
et ses frères se
fâchèrent tant contre
leur mère qu'ils la
chassèrent de la maison.

Coatlicue s'enfuit à toutes jambes dans la montagne. Mais tous ses enfants la poursuivirent en l'injuriant et en brandissant leurs armes.

«Que vais-je faire?», gémit Coatlicue. Et les choses empirèrent, car lorsqu'elle atteignit le sommet du mont Coatepec, elle ressentit une violente douleur. «Le bébé va naître», cria-t-elle.

Elle s'étendit sur le sol et donna naissance non pas à un bébé, mais à un guerrier tout en armes.

Il avait la peau bleue et dorée et brandissait une épée de flammes.

Il s'appelait Huitzilopochtli et c'était en réalité le soleil.

Il bondit pour défendre sa mère, car les autres enfants essayaient de la tuer.

Même s'il venait juste de naître, il réussit à tuer sa sœur, la déesse de la nuit, et la plupart de ses frères-étoiles.

Ses autres frères s'enfuirent et se cachèrent dans le Sud.

Et c'est ainsi que chaque matin, le soleil chasse la nuit et les étoiles.

Comment les animaux prirent forme

Voici comment apparurent les animaux en Australie. Au commencement, ils étaient cachés dans la terre gelée. Yhi, la déesse du soleil, leur insuffla la vie en les réchauffant. Mais ils n'aimaient pas le mode de vie qu'on leur avait attribué.

Ceux qui vivaient dans l'eau préféraient la terre ferme. Et ceux qui vivaient sur terre auraient voulu voler dans les airs.

Ils devinrent si tristes que Yhi descendit des cieux pour voir ce qui se passait.

«Tout va s'arranger, dirent les animaux. Yhi va nous donner d'autres formes.» «Dites-moi ce qui ne va pas», demanda Yhi.

Tous les animaux répondirent en même temps dans un brouhaha assourdissant.

À la fin, Yhi réussit à les faire parler un à la fois. «Je voudrais des pattes, gémit le Lézard. Je suis fatigué de me tortiller dans l'eau.»

«Je veux des ailes, dit la Chauve-souris. Pour voler comme un oiseau.»

«Et moi de grandes pattes arrière, dit le Kangourou, et une longue queue pour faire contre-poids quand je bondis.»

«Moi aussi je veux des pattes plus longues, renchérit le Pélican, pour ne pas mouiller mon ventre quand je pêche. Et une poche pour ranger mon poisson.» Yhi exauça tous leurs souhaits. Et c'est pourquoi les animaux australiens ont encore cette apparence aujourd'hui.

La naissance des papillons

Il y a très longtemps, en Australie, avant l'apparition des êtres humains, les animaux pouvaient parler. Ils ignoraient tout de la mort, mais un jour, un jeune cacatoès tomba d'un arbre et se rompit le cou.

«Qu'est-ce qui lui prend? demanda le kookaburra. Il n'ouvre pas les yeux.»

«Pourquoi ne se lève-t-il pas pour s'envoler?»

Personne ne comprenait que le cacatoès était mort. La corneille jeta alors un bâton dans le fleuve, qui s'enfonça dans l'eau pour réapparaître ensuite à la surface.

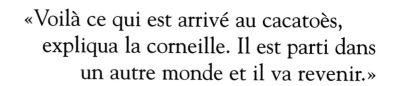

«Voilà ce qui est arrivé au cacatoès, expliqua la corneille. Il est parti dans un autre monde et il va revenir.»

Tous les animaux s'offrirent pour aller dans l'autre monde. L'opossum, le wombat et le serpent se cachèrent pour l'hiver. Mais lorsqu'ils se réveillèrent au printemps, ils n'avaient pas changé.

À leur tour, les insectes tentèrent leur chance. Les chenilles s'emmitouflèrent pour s'enterrer ou se dissimuler sous l'écorce des arbres.

Quand revint le printemps, toutes les chenilles avaient disparu. Mais la campagne australienne était constellée de papillons jaunes, rouges, bleus et verts.

«Vous avez éclairci le mystère de la mort, leur dirent tous les animaux. Vous êtes partis dans l'autre monde pour revenir sous une autre forme, beaucoup plus belle.»

29

Balder le magnifique

Balder était le plus beau de tous les dieux scandinaves. Il avait pour parents Odin, le chef des dieux, et Frigg, sa femme.

Balder avait un frère aveugle appelé Hoder.

Frigg adorait ses deux fils. Mais craignant qu'il n'arrive malheur à Balder, elle échafauda un plan pour qu'il soit toujours en sécurité.

Elle se dit qu'en demandant à tout ce qui peut exister sous le soleil de ne jamais faire de mal à son fils, Balder le magnifique ne mourrait jamais.

La déesse Frigg parcourut le vaste monde en demandant à chaque plante, à chaque animal de promettre de ne jamais faire de tort à Balder. Elle fit jurer la même chose à chaque pierre, à chaque métal.

Elle arracha la même promesse au feu, à l'eau et aux quatre vents.

Elle pensait avoir demandé à toutes les créatures vivantes et à toutes les choses inanimées d'épargner son précieux enfant.

Mais elle en avait oublié une. C'était le gui, une plante qui pousse non pas dans la terre mais sur le tronc des chênes. En oubliant de parler au gui, Frigg commit une terrible erreur.

Les dieux et les déesses éclatèrent de rire lorsque Frigg leur annonça que rien ne pourrait faire de mal à son fils Balder. Ils se réunirent dans la grande salle du palais du roi Odin, le Walhalla, et empilèrent les armes les plus acérées et les projectiles les plus pesants.

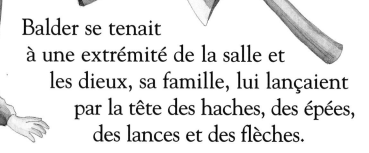

Balder se tenait à une extrémité de la salle et les dieux, sa famille, lui lançaient par la tête des haches, des épées, des lances et des flèches.

Ils le bombardèrent aussi de chaises, de coupes, de casseroles et de tisons embrasés. Mais tous les projectiles retombaient sans l'atteindre, parce que toutes les choses avec lesquelles ils étaient fabriqués respectaient la promesse faite à Frigg.

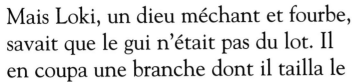

Mais Loki, un dieu méchant et fourbe, savait que le gui n'était pas du lot. Il en coupa une branche dont il tailla le bout en une pointe acérée.

«Hé, Hoder! lança-t-il au frère aveugle de Balder. N'aimerais-tu pas t'amuser avec nous? Je peux t'aider à lancer une arme sur ton frère.»

Hoder était ravi de participer au jeu qui amusait tant les autres dieux. Il laissa Loki lui mettre une arme dans la main et l'aider à la lancer.

Loki visa à la perfection. La flèche de gui transperça la poitrine de Balder, qui s'effondra sans vie. Loki fut puni pour sa félonie mais Odin sut désormais qu'il existe des choses sur lesquelles même les dieux n'ont pas de pouvoir.

Rama et Sita

Durant le règne de Dasharatha, roi de Kosala, en Inde, un terrible monstre à dix têtes ravageait le pays. Il s'appelait Ravana et le roi Dasharatha priait les dieux de lui donner des fils assez forts pour tuer ce démon.

Le roi avait quatre fils de ses trois différentes épouses. Mais Rama, l'aîné, était son préféré. Il avait pour meilleur ami son demi-frère, Lakshmana.

Rama grandit en force et en beauté et il se gagna l'amour d'une magnifique princesse appelée Sita.

Rama et Sita se marièrent et Lakshmana épousa la sœur de Sita. Tous étaient très heureux.

Mais ce bonheur ne dura pas.
Le roi Dasharatha choisit Rama
comme héritier du trône, mais la
mère d'un des autres fils réussit
par la ruse à convaincre le
roi de bannir Rama pendant
14 années. Rama et Sita s'en
allèrent vivre dans la forêt et
Lakshmana choisit de partir
avec eux.

Ils vécurent pendant dix ans sur
le bord d'un lac et Rama tua
un grand nombre de démons.
Ravana l'apprit et décida de
punir Rama en enlevant sa
femme.

Un autre démon prit la forme d'un
cerf doré et s'approcha de Sita. Mais
dès qu'elle essaya de le caresser, il
s'éloigna d'un bond.

Rama se méfiait. Il laissa Sita en
compagnie de Lakshmana et partit
à la recherche du cerf.

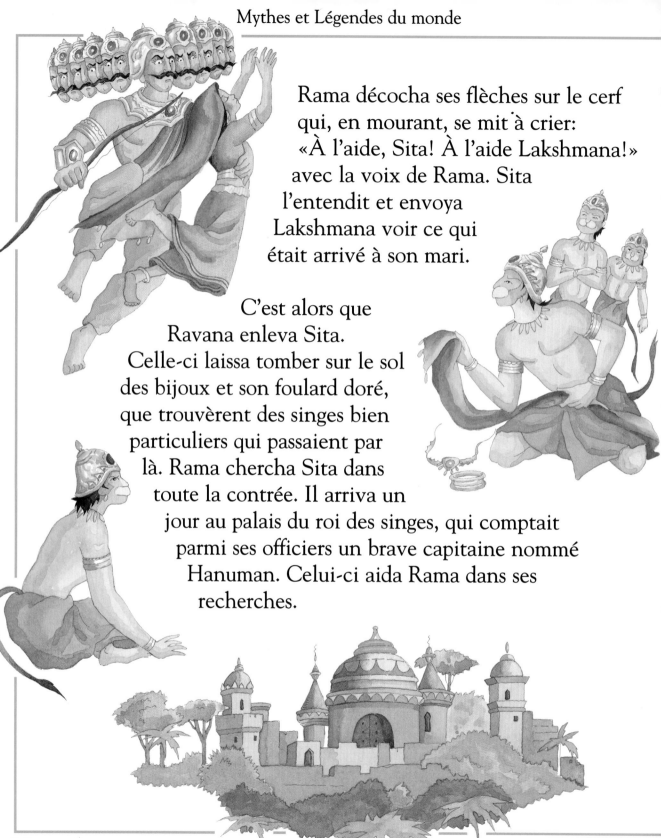

Rama décocha ses flèches sur le cerf qui, en mourant, se mit à crier: «À l'aide, Sita! À l'aide Lakshmana!» avec la voix de Rama. Sita l'entendit et envoya Lakshmana voir ce qui était arrivé à son mari.

C'est alors que Ravana enleva Sita. Celle-ci laissa tomber sur le sol des bijoux et son foulard doré, que trouvèrent des singes bien particuliers qui passaient par là. Rama chercha Sita dans toute la contrée. Il arriva un jour au palais du roi des singes, qui comptait parmi ses officiers un brave capitaine nommé Hanuman. Celui-ci aida Rama dans ses recherches.

Hanuman trouva Sita sur l'île de Lanka. Il envoya son armée de singes qui formèrent un pont et envahirent l'île.

Une terrible bataille s'engagea et après un long combat, Rama tua Ravana d'une flèche tirée de son arc puissant.

Rama demanda aux dieux de ramener à la vie tous les singes qui avaient péri dans la bataille. Rama et Sita furent à nouveau réunis. Leur long bannissement terminé, ils devinrent roi et reine de Kosala et rien désormais ne put les séparer.

L'île enchantée

Il était une fois, dans l'ancienne Égypte, un marin qui décida d'entreprendre un voyage. Mais à peine le bateau avait-il quitté la côte qu'une terrible tempête éclata. Le bateau fit naufrage et tous les passagers et hommes d'équipage se noyèrent, à l'exception de notre marin.

Précipité à la mer avec tous les autres, il avait eu la chance de trouver un morceau de bois provenant de l'épave.

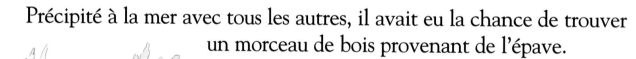

Il s'y accrocha désespérément jusqu'à ce que la tempête se calme.

Finalement, les vagues le rejetèrent sur la côte d'une île. «Que les dieux soient loués», souffla-t-il, avant de tomber épuisé sur le sable. Après plusieurs jours, il eut assez de force pour se lever.

Il découvrit que l'île regorgeait de fruits et la mer de poissons. Il s'assit pour prendre son premier repas depuis des jours. Mais avant de manger, il rendit grâce aux dieux. Aussitôt retentit un coup de tonnerre.

Un immense dieu-serpent se dressa au-dessus du marin. «Comment es-tu arrivé ici? demanda-t-il. Dis-moi la vérité, sinon tu mourras.» Sans rien cacher, le marin lui raconta le naufrage.

Le dieu lui remit de précieux cadeaux et lui annonça qu'un navire le ramènerait en Égypte. «Mais jamais plus on ne verra cette île», ajouta-t-il. Et jamais plus on ne la vit.

39

Le royaume sous la mer

Hoderi était un excellent pêcheur et Hoori, son jeune frère, un fin chasseur. Un jour, les deux frères décidèrent d'échanger armes de chasse et engins de pêche.

Hoderi prit l'arc et les flèches et Hoori la ligne et l'hameçon de son frère. Ils se donnèrent rendez-vous à la fin de la journée pour se conter leurs aventures.

Mais ils n'eurent pas grand-chose à raconter, car tous deux revinrent bredouilles.

Hoori ne prit aucun poisson de toute la journée. Pire encore, il perdit la ligne de son frère dans la mer. «Que vais-je faire? gémit-il. Hoderi va être furieux.»

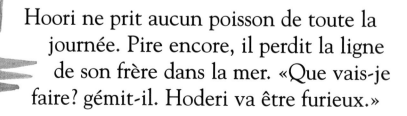

Hoderi revint de sa journée de chasse de méchante humeur. «Quelle activité stupide! grommela-t-il. Je n'ai rien tué. Rends-moi ma ligne!» Il piqua une violente colère quand il apprit que Hoori l'avait perdue.

Hoderi ne voulut rien entendre d'une nouvelle ligne. Hoori fut donc descendu sous la mer, dans un panier, à la recherche de la ligne et de l'hameçon disparus.

Il se retrouva bien vite au fond de l'océan, dans le palais du dieu de la mer.

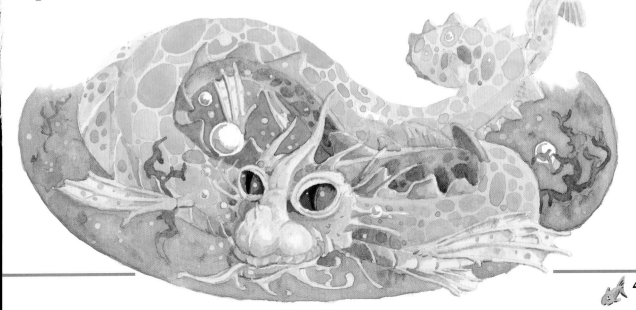

41

Hoori demanda à tous les poissons s'ils avaient vu la ligne d'Hoderi.
Finalement, il en trouva un qui avait l'hameçon fiché dans la gueule.

Bien sûr, Hoori aurait dû remonter à ce moment-là, mais il rencontra alors la ravissante fille du dieu de la mer.

Elle s'appelait Toyotama et était aussi jolie que les fleurs de cerisier.

Mais tant Toyotama que son père pouvaient se changer en dragons marins quand ils le voulaient.

Hoori et Toyotama se marièrent et furent si heureux qu'Hoori en oublia de rapporter la ligne de pêche à Hoderi. Et il oublia son frère aussi.

Trois ans plus tard, Hoori se rappela
soudain de son frère et décida de
retourner sur terre pour lui rendre
sa ligne.

Toyotama était triste. «Je viendrai te
retrouver, Hoori, lui dit-elle. Car je
porte ton enfant.»

Hoori lui dit au
revoir et nagea
jusqu'à la
surface.

Quelle joie pour Hoderi de revoir son frère!
«Moi qui pensais que tu t'étais noyé il y a des
années», lui dit-il.

La princesse Toyotama se rendit alors
jusqu'à la côte où elle donna naissance à un
fils. Puis elle se transforma en dragon et
retourna dans son royaume sous la mer. Le
fils de Hoori devint le père du premier
empereur du Japon.

Le crocodile et l'enfant

Trois femmes lavaient leur linge à la rivière. Deux d'entre elles décidèrent de jouer un tour à la troisième. Elles cachèrent leurs bébés dans les roseaux et lui dirent: «Nous avons jeté nos bébés à la rivière. Pourquoi ne fais-tu pas la même chose?»

La troisième lavandière détacha le bébé qu'elle portait dans son dos et le jeta à la rivière.

Aussitôt, un énorme crocodile jaillit de l'eau et ne fit qu'une bouchée de l'enfant.

Les deux méchantes commères se mirent à rire, mais la mère du bébé s'arrachait les cheveux. «Je veux mon bébé, pleurait-elle.» Elle décida de grimper le long de l'arbre du Paradis pour demander l'aide du Grand Esprit Mulungu.

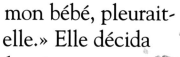

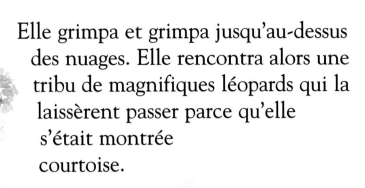

Elle grimpa et grimpa jusqu'au-dessus des nuages. Elle rencontra alors une tribu de magnifiques léopards qui la laissèrent passer parce qu'elle s'était montrée courtoise.

Elle dépassa des oiseaux et des poissons jusqu'à atteindre enfin le Grand Esprit Mulungu.

Une fois au sommet de l'arbre, elle raconta son histoire. «Rends-moi mon enfant», implora-t-elle. Et Mulungu fut si touché par sa bonté et l'amour qu'elle portait à son bébé qu'il fit venir le crocodile et l'obligea à rendre l'enfant.

La mère était ravie, et le bébé aussi. Le seul déçu fut le crocodile.

Héros et divinités des mythes et légendes

Andromède   Page 10

Princesse éthiopienne, fille de Cassiopée. Fut sauvée par Persée au moment d'être dévorée par un monstre marin.
Légende grecque.

Balder   Page 30

Dieu scandinave. Fils d'Odin et de Frigg, fut tué accidentellement par son frère aveugle, Hoder.
Mythe scandinave.

Cassiopée   Page 10

Reine d'Éthiopie, mère d'Andromède. Fut punie pour sa vanité. *Légende grecque.*

Coatlicue   Page 22

Déesse aztèque de la Terre. Mère de Coyolxauqui, de Huitzilopochtli et de 400 autres fils. *Mythe aztèque.*

Coyolxauqui   Page 22

Déesse aztèque de la nuit. Fut tuée par son demi-frère Huitzilopochtli. *Mythe aztèque.*

Coyote   Page 18

Incarne l'escroc, le filou dans la mythologie de plusieurs peuples amérindiens. *Mythe nord-américain.*

Dédale   Page 4

Inventeur et architecte grec, constructeur du labyrinthe du roi Minos en Crète. Père d'Icare.
Légende grecque.

Dasharatha   Page 34

Roi de Kosala, en Inde. Père de Rama, de Lakshmana et de leurs deux autres frères. *Légende hindoue.*

Dionysos   Page 6

Dieu grec du vin et des banquets. Protecteur de Silène. *Mythe et légende grecs.*

Frigg   Page 30

Déesse scandinave. Mariée à Odin, le chef de tous les dieux. Mère de Balder et Hoder. *Mythe scandinave.*

Hanuman   Page 34

Singe intelligent et brave, capitaine de l'armée du roi des singes dans la légende de Rama et Sita. *Légende hindoue.*

Hoder   Page 30

Frère aveugle de Balder, fils de Frigg et d'Odin. *Mythe scandinave.*

Hoderi   Page 40

Grand pêcheur japonais. Frère de Hoori. *Légende japonaise.*

Hoori   Page 40

Grand chasseur japonais. Épousa la fille du dieu de la mer. *Légende japonaise.*

Huitzilopochtli   Page 22

Dieu aztèque du soleil. Fils de Coatlicue. *Mythe aztèque.*

Icare   Page 4

Fils de Dédale. Mourut en essayant de voler avec les ailes fabriquées par son père. *Légende grecque.*

Lakshmana — Page 34

Demi-frère de Rama. *Légende hindoue.*

Loki — Page 30

Immortel rejeté par les autres dieux nordiques. Joue des mauvais tours comme celui qui a coûté la vie à Bolder. *Mythe scandinave.*

Mars — Page 20

Dieu romain de la guerre. Père de Romulus et Remus. *Légende romaine.*

Midas — Page 6

Roi grec célèbre pour sa richesse. *Mythe et légende grecs.*

Minos — Page 4

Roi de Crète. Commanda un labyrinthe à Dédale pour y cacher le Minotaure, une créature mi-homme mi-taureau. Empêcha ensuite Dédale de quitter la Crète. *Légende grecque.*

Mulungu — Page 44

Esprit africain du ciel. Rendit à une femme son bébé qu'un crocodile avait avalé. *Légende Chaga.*

Odin — Page 30

Chef des dieux scandinaves. Père de Balder et Hoder. *Mythe scandinave.*

Persée — Page 10

Héros grec de la mer. Envoya un monstre marin pour punir Cassiopée de sa vanité. *Légende grecque.*

Poséidon — Page 10

Dieu grec de la mer. Envoya un monstre marin pour punir Cassiopée de sa vanité. *Légende grecque.*

Rama — Page 34

Héros de l'épopée hindoue le Ramayana. Épousa Sita. *Légende hindoue.*

Ravana — Page 34

 Démon à dix têtes qui enleva Sita, l'épouse de Rama. *Légende hindoue.*

Remus — Page 14

Fils de Mars et de Silvia. Frère jumeau de Romulus, qui fonda Rome. *Légende romaine.*

Romulus — Page 14

Frère jumeau de Remus. Fondateur de Rome. *Légende romaine.*

Silène — Page 6

Satyre, créature à pieds de bouc, grand conteur d'histoires. *Mythe et légende grecs.*

Sita — Page 34

Princesse indienne, épouse de Rama. Capturée par le démon Ravana, fut sauvée par Rama, son demi-frère et une armée de singes. *Légende hindoue.*

Silvia — Page 14

Également appelée Rhea Silvia et Ilia. Mère de Romulus et Remus, fut jetée dans le fleuve par son oncle et sauvée par une divinité des eaux. *Légende romaine.*

Toyotama — Page 40

Princesse du royaume sous la mer. Pouvait se changer en dragon à son gré. Épousa un mortel, Hoori, dont elle eut un fils. *Légende japonaise.*

Yhi — Page 26

Déesse du soleil. Donna aux animaux australiens leur étrange apparence. *Mythe aborigène de la création.*

À propos des mythes et des légendes

Il existe quantité de livres sur les mythes et les légendes.
Certaines légendes racontées dans ce livre m'ont été contées dans
ma plus tendre enfance. La mort de Balder, par exemple, est une
des premières histoires que l'on m'a racontée. Si vous
voulez en savoir plus sur les mythes et les légendes que vous
venez de lire, n'hésitez pas, courez à la bibliothèque la plus
proche ou consultez Internet.
M. H.

Voici quelques histoires qui m'ont été utiles :
Icare, Midas et Andromède : *Les Mythes grecs*, de Robert Graves: un excellent recueil de tous les mythes et
légendes grecs (Fayard, collection Pluriel, 1967). Les fils de la louve : T. P. Wiseman, *Remus* (Cambridge
University Press, 1995). Coyote danse avec une étoile : *American Indian Myths and Legends*, de Richard Erdoes et
Alfonso Ortiz (Pantheon, 1984). Le premier maïs : Tales of the North American Indians, de Stith Thompson
(Indiana University Press, 1929). Un Bébé en armes : *Aztec and Maya Myths*, de Karl Taube (British
Museum Press, 1993). Comment les animaux prirent forme : *Myths and Legends of Australia*, de A. W. Reed (Reed,
1965). L'apparition des papillons : *Aborigine Myths and Legends*, de William Ramsay Smith (Senate, 1996; première
publication en 1930). Balder le magnifique : *Prose Edda*, de Snorri Sturlusson. Kevin Crossley-Holland en donne
une version moderne dans The Norse Myths (André Deutsch, 1980). Rama et Sita : *Indian Tales and Legends*, de J.
E. B. Gray (Oxford University Press, 1989). L'île enchantée : *Egyptian Myths and Legends*, de Donald A. Mackenzie
(Gresham). Le royaume sous la mer : *Myths and Legends of Japan*, de F. Hadland Davis (Dover paperback, 1992).
Le crocodile et l'enfant : *African-American Alphabet*, de Gerald Hausman (St. Martin's Press Inc., 1997).